KB116577

당신이 그리운 건
내게서 조금 떨어져 있기 때문입니다

1

당신이 그리운 건
내게서 조금 떨어져 있기 때문입니다 1

—

개정판 1쇄   2015년 6월 25일
지은이   이정하 외
펴낸이   김영재
펴낸곳   책만드는집

—

주소   서울 마포구 양화로3길 99 4층(121-887)
전화   3142-1585 · 6
팩스   336-8908
전자우편   chaekjip@naver.com
출판등록   1994년 1월 13일 제10-927호

—

—

ISBN 978-89-7944-537-4 (04810)
ISBN 978-89-7944-536-7 (세트)

당신이 그리운 건
내게서 조금
떨어져 있기 때문입니다

1
————

이정하 외 지음

책만드는집

나는 너에게로
너는 나에게로

1
간힌
사랑의 새를 풀어
당신에게로

2

어둠 속에
완전히
묻힐 때가지

3
시린 손
마주 잡고

4

바람이
시작되는
곳에서

1

간힌
사랑의 새를 풀어
당신에게로

저녁 숲에 내리는 황금빛 노을이기보다는

구름 사이에 뜬 별이었음 좋겠어

내가 사랑하는 당신은

나무 실가지 가볍게 딛으며 오르는 만월이기보다는

초사흘 스무날 빈 논길을 쓰다듬는 달빛이었음 싶어

꽃분에 가꾼 국화의 우아함보다는

들지는 일에 고개를 끄덕일 줄 아는 구절초이었음 해

내 사랑하는 당신이 꽃이라면

꽃 피우는 일이 곧 살아가는 일인

콩꽃 팥꽃이었음 좋겠어

사랑한다는 것으로

– 서정윤

사랑한다는 것으로
새의 날개를 꺾어
너의 곁에 두려 하지 말고
가슴에 작은 보금자리를 만들어
종일 지친 날개를
쉬고 다시 날아갈
힘을 줄 수 있어야 하리라

사랑

- 김용택

당신과 헤어지고 보낸
지난 몇 개월은
어디다 마음 둘 데 없이
몹시 괴로운 시간이었습니다
현실에서 할 수 있는 것들을
현실에서 해결하지 못하는 우리 두 마음이
답답했습니다
하지만 지금은
당신의 입장으로 돌아가
생각해보고 있습니다

받아들일 건 받아들이고
잊을 것은 잊어야겠지요
그래도 마음속의 아픔은
어찌하지 못합니다
계절이 옮겨가고 있듯이
제 마음도 어디론가 옮겨가기를
바라고 있습니다

추운 겨울의 끝에서 희망의 파란 봄이

우리 몰래 우리 세상에 오듯이

우리의 보리들이 새파래지고

어디선가 또

새 풀이 돋겠지요

이제 생각해보면

당신도 이 세상 하고많은 사람 중의

한 사람이었습니다

당신을 잊으려 노력한

지난 몇 개월 동안

아픔은 컸으나

참된 아픔으로

세상이 더 넓어져

세상만사가 다 보이고

사람들의 몸짓 하나하나가 다 이뻐 보이고

소중하게 다가오며

내가 많이도

세상을 살아낸

어른이 된 것 같습니다

당신과 만남으로 하여

세상에서 벌어지는 일들이 모두 나와 무관하지 않다는 것을

이 세상에 태어난 것을

고맙게 배웠습니다

당산의 마음을 애틋이 사랑하듯

사람 사는 세상을 사랑합니다

길가에 풀꽃 하나만 봐도
당신으로 이어지던 날들과
당신의 어깨에
내 머리를 얹은 어느 날
잔잔한 바다로 지는 해와 함께
우리 둘인 참 좋았습니다
이 봄은 따로따로 봄이겠지요
그러나 다 내 조국 산천의 아픈
한 봄입니다
행복하시길 빕니다
안녕

목마와 숙녀

― 박인환

한 잔의 술을 마시고

우리는 버지니아 울프의 생애와

목마를 타고 떠난 숙녀의 옷자락을 이야기한다

목마는 주인을 버리고 그저 방울 소리만 울리며

가을 속으로 떠났다 술병에서 별이 떨어진다

상심한 별은 내 가슴에 가벼웁게 부서진다

그러한 잠시 내가 알던 소녀는

정원의 초목 옆에서 자라고

문학이 죽고 인생이 죽고

사랑의 진리마저 애증의 그림자를 버릴 때

목마를 탄 사랑의 삶은 보이지 않는다

세월은 가고 오는 것

한때는 고립을 피하여 시들어가고

이제 우리는 작별하여야 한다

술병이 바람에 쓰러지는 소리를 들으며

늙은 여류 작가의 눈을 바라다보아야 한다

…… 등대에……

불이 보이지 않아도

그저 간직한 페시미즘의 미래를 위하여

우리는 처량한 목마 소리를 기억하여야 한다

모든 것이 떠나든 죽든

그저 가슴에 남은 희미한 의식을 붙잡고

우리는 버지니아 울프의 서러운 이야기를 들어야 한다

두 개의 바위 틈을 지나 청춘을 찾은 뱀과 같이

눈을 뜨고 한 잔의 술을 마셔야 한다

인생은 외롭지도 않고

그저 잡지의 표지처럼 통속하거늘

한탄한 그 무엇이 무서워서 우리는 떠나는 것일까

목마는 하늘에 있고

방울 소리는 귓전에 철렁거리는데

가을 바람 소리는

내 쓰러진 술병 속에서 목메어 우는데

느린 달팽이의 사랑

- 유하

달팽이 기어간다
지나는 새가 전해준
저 숲 너머 그리움을 향해
어디쯤 왔을까, 달팽이 기어간다

달팽이 몸 크기만 한
달팽이의 집
달팽이가 자기만의 방 하나 갖고 있는 건
평생을 가도, 먼 곳의 사랑에 당도하지 못하리라는 걸
그가 잘 알기 때문

느린 열정

느린 사랑

달팽이가 자기 몸 크기만 한

방 하나 갖고 있는 건

평생을 가도, 멀고 먼 사랑에 당도하지 못하는

달팽이의 고독을 그가 잘 알기 때문

내가 사랑하는 당신은

- 도종환

저녁 숲에 내리는 황금빛 노을이기보다는
구름 사이에 뜬 별이었음 좋겠어
내가 사랑하는 당신은
버드나무 실가지 가볍게 딛으며 오르는 만월이기보다는
동짓달 스무날 빈 논길을 쓰다듬는 달빛이었음 싶어

꽃분에 가꾼 국화의 우아함보다는
해가 뜨고 지는 일에 고개를 끄덕일 줄 아는 구절초이었음 해
내 사랑하는 당신이 꽃이라면
꽃 피우는 일이 곧 살아가는 일인
콩꽃 팥꽃이었음 좋겠어

이 세상의 어느 한 계절 화사히 피었다
시들면 자취 없는 사랑 말고
저무는 들녘일수록 더욱 은은히 아름다운
억새풀처럼 늙어갈 순 없을까
바람 많은 가을 강가에 서로 어깨를 기댄 채

우리 서로 물이 되어 흐른다면
바위를 깎거나 갯벌 허무는 밀물 썰물보다는
물오리 떼 쉬어 가는 저녁 강물이었음 좋겠어
이렇게 손을 잡고 한세상을 흐르는 동안
갈대가 하늘로 크고 먼 바다에 이르는 강물이었음 좋겠어

내가 여전히 나로 남아야 함은

– 김기만

끝없는 기다림을 가지고도
견뎌야만 하는 것은
서글픈 그리움을 가지고도
살아야만 하는 것은

소망 때문이요
소망을 위해서이다

그대 사랑하고부터
가진 게 없는 나 자신을
그토록 미워하며 보냈던 많은 날
가을 하늘에 날리는 낙엽처럼
내겐 참 많은 어둠이 있었지만

그래도
그래도

내가 여전히 나로 남아야 함은
아직도 널 사랑하기 때문이요
내가 널 잊어버릴 수 있는 계절을
아직 만나지 못한 까닭이요
그리고
뒤돌아설 수 있는 뒷모습을
아직 준비하지 못한 까닭이다

사랑법

– 강은교

떠나고 싶은 자
떠나게 하고
잠들고 싶은 자
잠들게 하고
그러고도 남는 시간은
침묵할 것

또는 꽃에 대하여
또는 하늘에 대하여
또는 무덤에 대하여
서둘지 말 것
침묵할 것

그대 살 속의
오래전에 굳은 날개와
흐르지 않는 강물과
누워 있는 누워 있는 구름
결코 잠 깨지 않는 별을

쉽게 꿈꾸지 말고
쉽게 흐르지 말고
쉽게 꽃피지 말고
그러므로

실눈으로 볼 것
떠나고 싶은 자
홀로 떠나는 모습을
잠들고 싶은 자
홀로 잠드는 모습을

가장 큰 하늘은 언제나
그대 등 뒤에 있다

그대 굳이 나를 사랑하지 않아도 좋다

— 이정하

그대 굳이 알은척하지 않아도 좋다
찬비에 젖어도 새잎은 돋고
구름에 가려도 별은 뜨나니
그대 굳이 손 내밀지 않아도 좋다

36

말 한 번 건네지도 못하면서

마른 낙엽처럼 잘도 타오른 나는

혼자 뜨겁게 사랑하다

나 스스로 사랑이 되면 그뿐

그대 굳이 나를 사랑하지 않아도 좋다

 황홀한 고백

— 이해인

사랑한다는 말은 가시덤불 속에 핀

하얀 찔레꽃의 한숨 같은 것

내가 당신을 사랑한다는 말은

한 자락 바람에도 문득 흔들리는 나뭇가지

당신이 나를 사랑한다는 말은

무수한 별을 한꺼번에 쏟아내는 거대한 밤하늘이다

어둠 속에서도 훤히 얼굴이 빛나고

절망 속에서도 키가 크는 한마디의 말

얼마나 놀랍고도 황홀한 고백인가

우리가 서로 사랑한다는 말은

39

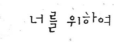

너를 위하여

– 김남조

나의 밤기도는
길고
한 가지 말만 되풀이한다
가만히 눈뜨는 건
믿을 수 없을 만치의 축원

갓 피어난 빛으로만
속속들이 채워 넘친
환한 영혼의 내 사람아
쓸쓸히 검은 머리 풀고 누워도
이적지 못 가져본
너그러운 사랑

너를 위하여
나 살거니
소중한 건 무엇이나 너에게 주마
이미 준 것은 잊어버리고
못다 준 사랑만을 기억하리라
나의 사람아

눈이 내리는
먼 하늘에
달무리 보듯 너를 본다
오직 너를 위하여
모든 것에 이름이 있고
기쁨이 있단다
나의 사람아

사랑굿 · 25

- 김초혜

너와 내가 합쳐져
하나의 별이 되자
아무도 못 보게
억만 광년 빛으로
반짝거림이 되자

입이 메어지도록
고통이 들어차도
변덕부림 없이
나누인 육신을
서로 잡아주자

제일로 가까운
첫 번째의 별에
집을 짓고 맹목을 심어
태양도 여기에선
휘어지게 하자

아무것도 못 아는
무재주를 사랑하며
차 있으나
넘쳐흐르지 않는
순한 불이 되자

즐거운 편지

— 황동규

1

내 그대를 생각함은 항상 그대가 앉아 있는 배경에서
해가 지고 바람이 부는 일처럼 사소한 일일 것이나 언젠
가 그대가 한없이 괴로움 속을 헤맬 때에 오랫동안 전해
오던 그 사소함으로 그대를 불러보리라

2

　진실로 진실로 내가 그대를 사랑하는 까닭은 내 나의
사랑을 한없이 잇닿은 그 기다림으로 바꾸어버린 데 있
었다 밤이 들면서 골짜기엔 눈이 퍼붓기 시작했다 내 사
랑도 어디쯤에선 반드시 그칠 것을 믿는다 다만 그때 내
기다림의 자세를 생각하는 것뿐이다 그 동안에 눈이 그
치고 꽃이 피어나고 낙엽이 떨어지고 또 눈이 퍼붓고 할
것을 믿는다

백치 애인

― 신달자

나에게는 백치 애인이 있다
그 바보 됨됨이가 얼마나 나를 슬프게 하는지 모른다
내가 얼마나 저를 사랑하는지 모른다
별 볼일 없이 정말이지 우연히 저를 만날까 봐서
길거리의 한 모퉁이를 지켜 서서 있는지를 그는 모른다
제 단골 다방에서 다방 문이 열릴 때마다
불길 같은 애수의 눈물을 쏟고 있는지를 그는 모른다
또는 시장 속에서 행여 어떤 곳에서도
네가 나타날 수 있으리라는 착각 속에서
긴장된 얼굴을 하고 사방을 두리번거리는
이 안타까움을 그는 모른다

밤이면 네게 줄 편지를 쓰고 또 쓰면서
결코 부치지 못하는 이 어리석음을
그는 모른다. 그는 아무것도 모른다
적어도 내게 있어서는 그는
아무것도 볼 수 없는 장님이며
내 목소리를 듣지 못하는 귀머거리며
한마디도 하지 않으니 그는 벙어리다
바보 애인아

우리의 사랑

― 김영재

이젠 잠들어서는 안 된다
우리의 사랑
다시 물로 만나
나는 너에게로
너는 나에게로
하나가 되나니
저 작은 풀씨조차
떨어져 누운 자리 지키며
얼었던 땅을 뚫고
잎을 피우나니
바람과 추위가 얼리고 간 사랑
사람들은 돌아서서 불빛 속으로 떠나고
우리의 사랑 얼음으로 남아
긴 밤을 떨고 있었나니

너와 나의 가슴에 얼지 못한 피

목마른 그리움

이젠 잠들어서는 안 된다

우리의 사랑

다시 물이 되어

나는 너에게로

너는 나에게로

임 오시던 날

- 노천명

임이 오시던 날
버선발로 달려가 맞았으련만
굳이 문 닫고 죽죽 울었습니다

기다리다 지쳤음이오리까
늦으셨다 노여움이오리까
그도 저도 아니오이다
그저 자꾸만 눈물이 나
문 닫고 죽죽 울었습니다

사랑하는 까닭

– 한용운

내가 당신을 사랑하는 것은 까닭이 없는 것이 아닙니다
다른 사람들은 나의 홍안만을 사랑하지마는 당신은 나의
백발도 사랑하는 까닭입니다

내가 당신을 그리워하는 것은 까닭이 없는 것이 아닙니다
다른 사람들은 나의 미소만을 사랑하지마는 당신은 나의
눈물도 사랑하는 까닭입니다

내가 당신을 기다리는 것은 까닭이 없는 것이 아닙니다
다른 사람들은 나의 건강만을 사랑하지마는 당신은 나의
주검도 사랑하는 까닭입니다

믿었던 사람의 등을 보거나
사랑하는 이의 무관심에 다친 마음 펴지지 않을 때
섭섭함 버리고 이 말을 생각해보라
—누구나 혼자이지 않은 사람은 없다

두 번이나 세 번, 아니 그 이상으로 몇 번쯤 더 그렇게
마음속으로 중얼거려보라
실제로 누구나
혼자이지 않은 사람은 없다

2

어둠 속에
완전히
묻힐 때가지

너에게 묻는다

– 안도현

연탄재 함부로 발로 차지 마라
너는
누구에게 한 번이라도 뜨거운 사람이었느냐

하루

– 천양희

오늘 하루가 너무 길어서

나는 잠시 나를 내려놓았다

어디서 너마저도

너를 내려놓았느냐

그렇게 했느냐

귀뚜라미처럼 찌르륵대는 밤

아무도 그립지 않다고 거짓말하면서

그 거짓말로 나는 나를 지킨다

빈집

— 기형도

사랑을 잃고 나는 쓰네

잘 있거라, 짧았던 밤들아
창밖을 떠돌던 겨울 안개들아
아무것도 모르던 촛불들아, 잘 있거라
공포를 기다리던 흰 종이들아
망설임을 대신하던 눈물들아
잘 있거라, 더 이상 내 것이 아닌 열망들아

장님처럼 나 이제 더듬거리며 문을 잠그네
가엾은 내 사랑 빈집에 갇혔네

누구나 혼자이지 않은 사람은 없다

− 김재진

믿었던 사람의 등을 보거나
사랑하는 이의 무관심에 다친 마음 펴지지 않을 때
섭섭함 버리고 이 말을 생각해보라
−누구나 혼자이지 않은 사람은 없다
두 번이나 세 번, 아니 그 이상으로 몇 번쯤 더 그렇게
마음속으로 중얼거려보라
실제로 누구나
혼자이지 않은 사람은 없다
지금 사랑에 빠져 있거나 설령
심지 굳은 누군가 함께 있다 해도 다 허상일 뿐
완전한 반려(伴侶)란 없다

겨울을 뚫고 핀 개나리의 샛노랑이 우리 눈을 끌 듯

한때의 초록이 들판을 물들이듯

그렇듯 순간일 뿐

청춘이 영원하지 않은 것처럼

그 무엇도 완전히 함께 있을 수 있는 것이란 없다

함께한다는 건 이해한다는 말

그러나 누가 나를 온전히 이해할 수 있는가

얼마쯤 쓸쓸하거나 아니면 서러운 마음이

짠 소금물처럼 내밀한 가슴 속살을 저며놓는다 해도

수긍해야 할 일

어차피 수긍할 수밖에 없는 일

상투적으로 말해 삶이란 그런 것

인생이란 다 그런 것

누구나 혼자이지 않은 사람은 없다

그러나 혼자가 주는 텅 빔

텅 빈 것의 그 가득한 여운

그것을 사랑하라

숭숭 구멍 뚫린 천장을 통해 바라뵈는 밤하늘 같은

투명한 슬픔 같은

혼자만의 시간에 길들라

별들은

멀고 먼 거리, 시간이라 할 수 없는 수많은 세월 넘어

저 홀로 반짝이고 있지 않은가

반짝이는 것은 그렇듯 혼자다

가을날 길을 묻는 나그네처럼, 텅 빈 수숫대처럼

온몸에 바람 소릴 챙겨 넣고

떠나라

한 남자를 잊는다는 건

— 최영미

잡념처럼 아무 데서나 돋아나는 그 얼굴을 밟는다는 건

웃고 떠들고 마시며 아무렇지도 않게 한 남자를 보낸다는 건

뚜뚜 사랑이 유산되는 소리를 들으며 전화기를 내려놓는다는 건

편지지의 갈피가 해질 때까지 줄을 맞춰가며 그렇게 또 한 시절을
접는다는 건

비 갠 하늘에 물감 번지듯 피어나는 구름을 보며 한때의 소나기를
잊는다는 건

낯익은 골목과 길모퉁이, 등 너머로 덮쳐오는 그림자를 지운다는 건

한 세계를 버리고 또 한 세계에 몸을 맡기기 전에 초조해진다는 건

논리를 넘어 시를 넘어 한 남자를 잊는다는 건

잡념처럼 아무 데서나 돋아나는 그 얼굴을 뭉갠다는 건

낙화

– 이형기

가야 할 때가 언제인가를
분명히 알고 가는 이의
뒷모습은 얼마나 아름다운가

봄 한철
격정을 인내한
나의 사랑은 지고 있다

분분한 낙화
결별이 이룩하는 축복에 싸여
지금은 가야 할 때

무성한 녹음과 그리고
머지않아 열매 맺는
가을을 향하여
나의 청춘은 꽃답게 죽는다

헤어지자
섬세한 손길을 흔들며
하롱하롱 꽃잎이 지는 어느 날

나의 사랑, 나의 결별
샘터에 물 고이듯 성숙하는
내 영혼의 슬픈 눈

슬픔에게

– 김현성

슬픔이 오면
내 반갑게 맞으리
고단한 기억을 헤아리며
양지 바른 길목이 아니어도
오랜만에 만나는 친구와
한 순배 도는 저녁을 위해
슬픔과 동거한 기쁨을 위해
사랑의 날은 많지 않으리
내 뜨거운 눈물 있음을
슬픔에게 보여주리
그 쓰린 어깨를 안아주리

한계령을 위한 연가

- 문정희

한겨울 못 잊을 사람하고
한계령쯤을 넘다가
뜻밖의 폭설을 만나고 싶다
뉴스는 다투어 수십 년 만의 풍요를 알리고
자동차들은 뒤뚱거리며
제 구멍들을 찾아가느라 법석이지만
한계령의 한계에 못 이긴 척 기꺼이 묶였으면

오오, 눈부신 고립
사방이 온통 흰 것뿐인 동화의 나라에
발이 아니라 운명이 묶였으면

이윽고 날이 어두워지면 풍요는

조금씩 공포로 변하고, 현실은

두려움의 색채를 드리우기 시작하지만

헬리콥터가 나타났을 때에도

나는 결코 손을 흔들지는 않으리

헬리콥터가 눈 속에 갇힌 야생조들과

짐승들을 위해 골고루 먹이를 뿌릴 때에도……

시퍼렇게 살아 있는 젊은 심장을 향해
까아만 포탄을 뿌려대던 헬리콥터들이
고란이나 꿩들의 일용할 양식을 위해
자비롭게 골고루 먹이를 뿌릴 때에도
나는 결코 옷자락을 보이지 않으리

아름다운 한계령에 기꺼이 묶여
난생처음 짧은 축복에 몸둘 바를 모르리

우울한 샹송

- 이수익

우체국에 가면
잃어버린 사랑을 찾을 수 있을까
그곳에서 발견한 내 사랑의
풀잎 되어 젖어 있는
비애를
지금은 혼미하여 내가 찾는다면
사랑은 또 처음의 의상으로
돌아올까

우체국에 오는 사람들은
가슴에 꽃을 달고 오는데
그 꽃들은 바람에
얼굴이 터져 웃고 있는데
어쩌면 나도 웃고 싶은 것일까
얼굴을 다치면서라도 소리 내어
나도 웃고 싶은 것일까

사람들은

그리움을 가득 담은 편지 위에

애정의 핀을 꽂고 돌아들 간다

그때 그들 머리 위에서는

꽃불처럼 밝은 빛이 잠시

어리는데

그것은 저려오는 내 발등 위에

행복에 찬 글씨를 써서 보이는데

나는 자꾸만 어두워져서

읽질 못하고

우체국에 가면
잃어버린 사랑을 찾을 수 있을까
그곳에서 발견한 내 사랑의
기진한 발걸음이 다시
도어를 노크
하면
그때 나는 어떤 미소를 띠어
돌아온 사랑을 맞이할까

헤어진다는 것은

– 조병화

맑아지는 감정의 물가에 손을 담그고
이슬이 사라지듯이
거치러운 내 감정이 내 속으로
깊이 사라지길 기다렸습니다

헤어진다는 것은 영원을 말하는 것입니다
−나도 나하고 헤어질 이 시간에

해와 달이 돌다 밤이 내리면
목에 가을 옷을 말고
−이젠 서로 사랑만 가지곤 견디지 못합니다
−그리워서 못 일어서는 서로의 자리올시다

72

슬픈 기억들에 젖는 사람들

별 아래 밤이 내리고 네온이 내리고
사무쳐서 모이다 진 자리에 마음이올시다

헤어진다는 것은 영원을 말하는 것입니다
─나도 나하고 헤어질 이 시간에

동행

— 박성룡

두 사람이 아득한 길을 걸어왔는데
발자국은 한 사람 것만 찍혔다

한때는 황홀한 꽃길 걸으며 가시밭길도 헤치며
낮은 언덕 높은 산도 오르내리면서

한 사람 한눈팔면
한 사람이 이끌며 여기까지 왔다

때로는 즐겁고 때로는
고달프기도 했던 평행의 레일 위에

어느덧 계절도 저물어
가을꽃들이 피기 시작한다

길 떠나는 그대여

- 황청원

길 떠나는 그대여
홀로 가는 먼 길에
이름 없는 들꽃이
아무리 무성해도
소리 내어 울지 말고
마음으로 웃고 가게
이 세상 모든 것이
어둠처럼 외로우니

길 떠나는 그대여
홀로 가는 먼 길에
고단하여 지친 마음
쉴 곳이 없다 해도
누군들 미워 말고
사랑으로 안아주게
어차피 사는 일
빈 몸 되어 가는 거니

얼음의 속성

— 김영재

통째 언 저수지가 쩡하고 갈라졌다

숨통이 틔었는지 다음 날 나가보았다

금이 간 날카로운 틈새 더욱 굳게 붙어 있었다

깊은 산 개울이 얼어 마실 물이 없었다

송송송 달래면서 구멍을 몇 개 냈다

얼음도 숨을 쉬는지 맑은 물을 내주었다

기다림의 시

– 양성우

그대 기우는 그믐달 새벽별 사이로
바람처럼 오는가 물결처럼 오는가
무수한 불면의 밤, 떨어져 쌓인
흰꽃 밟으며 오는
그대 정든 임 그윽한 목소리로
잠든 새 깨우고
눈물의 골짜기 가시나무 태우는
불길로 오는가 그대 지금
어디쯤 가까이 와서
소리 없이 모닥불로 타고 있는가

너를 보내고

– 이성부

너를 보내고
또 나를 보낸다
찬바람이 불어
네거리 모서리로
네 옷자락 사라진 뒤
돌아서서 잠시 쳐다보는 하늘
내가 나를 비쳐보는 겨울 하늘
나도 사라져간다

이제부터는 나의 내가 아니다
너를 보내고
어거지로 숨 쉬는 세상
나는 내가 아닌 것에
나를 맡기고
어디 먼 나라 울음 속으로
나를 보낸다
너는 이제 보이지 않고
나도 보이지 않고—

고백 – 편지 6

– 고정희

너에게로 가는
그리움의 전깃줄에
나는
감
전
되
었
다

가을 끝

― 나해철

자정 넘어 든 잠자리에서
바라보는 창문에 나무 그림자가 서렸다
가을은 너무 깊어 이미 겨울인데
저 나무를 비추고 서 있는 등불은
얼마나 춥고 외로울까
갑자기 어려져서 철없이 하는 말을 듣고
옆에 누운 사람이 하는 말
그럼 나가서 그 등불이나 껴안아 주구려
핀잔을 준다
그래 정말 막막한 이 밤 등불의 친구나 될까 보다
괜스레 마음은 길 위에 있다

네가 오기로 한 그 자리에

내가 미리 가 너를 기다리는 동안

다가오는 모든 발자국은

내 가슴에 쿵쿵거린다

바스락거리는 나뭇잎 하나도 다 내게 온다

기다려본 적이 있는 사람은 안다

세상에서 기다리는 일처럼 가슴 아리는 일 있을까

네가 오기로 한 그 자리, 내가 미리 와 있는 이곳에서

문을 열고 들어오는 모든 사람이

너였다가

너였다가, 너일 것이었다가

다시 문이 닫힌다

3

시린 손
마주 잡고

정동진

– 정호승

밤을 다하여 우리가 태백을 넘어온 까닭은 무엇인가
밤을 다하여 우리가 새벽에 닿은 까닭은 무엇인가
수평선 너머로 우리가 타고 온 기차를 떠나보내고
우리는 각자 가슴을 맞대고 새벽 바다를 바라본다
해가 떠오른다
해는 바다 위로 막 떠오르는 순간에는 바라볼 수 있어도
성큼 떠오르고 나면 눈부셔 바라볼 수가 없다
그렇다
우리가 누가 누구의 해가 될 수 있겠는가
우리는 다만 서로의 햇살이 될 수 있을 뿐
우리는 다만 서로의 파도가 될 수 있을 뿐
누가 누구의 바다가 될 수 있겠는가

바다에 빠진 기차가 다시 일어나 해안선과 나란히 달린다

우리가 지금 다정하게 철길 옆 해변가로 팔짱을 끼고 걷는다 해도

언제까지 함께 팔짱을 끼고 걸을 수 있겠는가

동해를 향해 서 있는 저 소나무를 보라

바다에 한쪽 어깨를 지친 듯이 내어준 저 소나무의 마음을 보라

네가 한때 긴 머리카락을 휘날리며 기대었던 내 어깨처럼 편안

지 않은가

또다시 해변을 따라 길게 뻗어나간 저 철길을 보라

기차가 밤을 다하여 평생을 달려올 수 있었던 것은

서로 평행을 이루었기 때문이 아니겠는가

우리 굳이 하나가 되기 위하여 노력하기보다
평행을 이루어 우리의 기차를 달리게 해야 한다
기차를 떠나보내고 정동진은 늘 혼자 남는다
우리를 떠나보내고 정동진은 울지 않는다
수평선 너머로 손수건을 흔드는 정동진의 붉은 새벽 바다
어여뻐라 너는 어느새 파도에 젖은 햇살이 되어 있구나
오늘은 착한 갈매기 한 마리가 너를 사랑하기를

너를 기다리는 동안

— 황지우

네가 오기로 한 그 자리에
내가 미리 가 너를 기다리는 동안
다가오는 모든 발자국은
내 가슴에 쿵쿵거린다
바스락거리는 나뭇잎 하나도 다 내게 온다
기다려본 적이 있는 사람은 안다
세상에서 기다리는 일처럼 가슴 아리는 일 있을까
네가 오기로 한 그 자리, 내가 미리 와 있는 이곳에서
문을 열고 들어오는 모든 사람이
너였다가
너였다가, 너일 것이었다가
다시 문이 닫힌다

사랑하는 이여

오지 않는 너를 기다리며

마침내 나는 너에게 가고

아주 먼 데서 나는 너에게 가고

아주 오랜 세월을 다하여 너는 지금 오고 있다

아주 먼 데서 지금도 천천히 오고 있는 너를

너를 기다리는 동안 나도 가고 있다

남들이 열고 들어오는 문을 통해

내 가슴에 쿵쿵거리는 모든 발자국 따라

너를 기다리는 동안 나는 너에게 가고 있다

하나만 넘치도록

– 원태연

오직 하나의 이름만을
생각하게 하여주십시오
햇님만을 사모하여
꽃 피는 해바라기처럼
달님만을 사모하여
꽃 피는 달맞이꽃처럼
피어 있게 하여주십시오
새벽 종소리에 긴긴 여운
빈 가슴속에
넘치도록 채워주십시오
하나만 넘치도록

누군가에게 무엇이 되어

— 예반

내게서 "사랑합니다"라는 말을
해달라고 하지 마십시오
당신이 내 눈 속에서
그 말을 보지 못한다면
혹은 내 손길에서 그 말을 느끼지 못한다면
당신은 내 입술에서 그 말을
듣게 될 리는 결코 없을 테니까요

함께 있으면 좋은 사람·1

- 용혜원

그대를 만나던 날
느낌이 참 좋았습니다

착한 눈빛, 해맑은 웃음
한마디, 한마디의 말에도
따뜻한 배려가 있어
잠시 동안 함께 있었는데
오래 사귄 친구처럼
마음이 편안했습니다

내가 하는 말들을
웃는 얼굴로 잘 들어주고
어떤 격식이나 체면 차림 없이
있는 그대로 보여주는
솔직하고 담백함이
참으로 좋았습니다

그대가 내 마음을 읽어주는 것만 같아
둥지를 잃은 새가
새 둥지를 찾은 것만 같았습니다
짧은 만남이지만
기쁘고 즐거웠습니다
오랜만에 마음을 함께
맞추고 싶은 사람을 만났습니다

마치 사랑하는 사람에게
장미꽃 한 다발을 받은 것보다
더 행복했습니다

그대는 함께 있으면 있을수록
더 좋은 사람입니다

다시

— 박노해

희망찬 사람은
그 자신이 희망이다

길 찾는 사람은
그 자신이 새 길이다

참 좋은 사람은
그 자신이 이미 좋은 세상이다

사람 속에 들어 있다
사람에서 시작된다

다시
사람만이 희망이다

멀리 있기

- 유안진

멀리서 나를
꽃이 되게 하는 이여
향기로 나는 다가갈 뿐입니다

멀리서 나를
별이 되게 하는 이여
눈물 괸 눈짓으로 반짝일 뿐입니다

멀어서 슬프고
슬퍼서 흠도 티도 없는
사랑이여

죽기까지 나
향기 높은 꽃이게 하여요
죽어서도 나
빛나는 별이게 하여요

점등인의 노래

— 이외수

이 하룻밤을 살고서
죽는 한이 있더라도
헤어진 사람들은 다시 돌아와
이 등불 가에서 만나게 하라

바람 부는 눈밭을 홀로 걸어와
회한만 삽질하던
부질없는 생애여
그래도 그리운 사람 하나 있었더라

밤이면 잠결마다 찾아와 쓰라리게 보고 싶던 그대
살 속 깊이 박히는 사금파리도
지나간 한 생애 모진 흔적도
이제는 용서하며 지우게 하라

완행열차

– 허영자

급행열차를 놓친 것은 잘된 일이다
조그만 간이역의 늙은 역무원
바람에 흔들리는 노오란 들국화
애틋이 숨어 있는 쓸쓸한 아름다움
하마터면 나 모를 뻔하였지

완행열차를 탄 것은 잘된 일이다
서러운 종착역은 어둠에 젖어
거기 항시 기다리고 있거니
천천히 아주 천천히
누비듯이 혹은 홈질하듯이
서두름 없는 인생의 기쁨
하마터면 나 모를 뻔하였지

엽서 · 1

– 장석주

저문 산을 다녀왔습니다
님의 관심은 내 기쁨이었습니다
어두운 길로 돌아오며 이 말을 꼭 하고 싶었지만
내 말들은 모조리 저문 산에 던져
어둠의 깊이를 내 사랑의 약조로 삼았으므로
나는 님 앞에서 침묵할 수밖에 없습니다
내 속에 못 견딜 그리움들이 화약처럼 딱딱 터지면서
불꽃의 혀들은 마구 피어나
바람에 몸 부비는 꽃들처럼
사랑의 몸짓을 해 보였습니다만
나는 그저 산 아래 토산품 가게 안 팔리는 못난 물건처럼
부끄러워 입을 다물 따름입니다

이 밤 파초 잎을 흔드는 바람결에

남몰래 숨길 수 없는 내 사랑의 숨결을 실어

혹시나 님이 지나가는 바람결에라도

그 기미를 알아차릴까 두려워할 뿐입니다

깊은 우물

– 노향림

그대 가슴에는
두레박 줄을 아무리 풀어 내려도
닿을 수 없는 미세한 슬픔이
시커먼 이무기처럼 묵어서 사는
밑바닥이 있다

그 슬픔의 바닥에 들어간 적이 있다
안 보이는 하늘이 후두둑 빗방울로 떨어지며
덫에 걸린 듯 퍼덕였다

출렁이는 물 위로
누군가 시간의 등짝으로 떠서 맴돌다
느닷없이 가라앉아 보이지 않는다
소루쟁이 풀들이 대낮에도 괭이들을 들쳐 메고
둘러선 내 마음엔
바닥 없는 푸른 우물이 오래 묵어서 숨어 있다

기다림

– 모윤숙

천 년을 한 줄 구슬에 꿰어

오시는 길을 한 줄 구슬에 이어드리겠습니다

하루가 천 년에 닿도록

길고 긴 사무침에 목이 메오면

오시는 길엔 장미가 피어지지 않으오리다

오시는 길엔 달빛도 그늘지지 않으오리다

먼 나라의 사람처럼

당신은 이 마음의 방언을 왜 그리 몰라 들으십니까?

우러러 그리움이 꽃 피듯 피오면

그대는 저 오월강 위로 노를 저어 오시렵니까?

감초인 사랑이 석류 알처럼 터지면

그대는 가만히 이 사랑을 안으려나이까?

내 곁에 계신 당신이온데

어이 이리 멀고 먼 생각의 가지에서만

사랑은 방황하다 돌아서 버립니까?

편지

– 윤동주

그립다고 써보니 차라리 말을 말자
그냥 긴 세월이 지났노라고만 쓰자
긴긴 사연을 줄줄이 이어
진정 못 잊는다는 말을 말고
어쩌다 생각이 났었노라고만 쓰자

그립다고 써보니 차라리 말을 말자
그냥 긴 세월이 지났노라고만 쓰자
긴긴 잠 못 이루는 밤이면
행여 울었다는 말을 말고
가다가 그리울 때도 있었노라고만 쓰자

밤 기차

- 이상희

의자는 달리고
추억은 날뛴다
창밖 검은 바다 저 멀리
먼 북소리 물거품처럼
둥 둥 둥 떠오르는 얼굴들
스쳐 달리는 마른 번개 속

행복

— 유치환

사랑하는 것은
사랑을 받느니보다 행복하나니라
오늘도 나는
에메랄드 빛 하늘이 환히 내다뵈는
우체국 창문 앞에 와서 너에게 편지를 쓴다

행길을 향한 문으로 숱한 사람이
제각기 한 가지씩 생각에 족한 얼굴로 와선
총총히 우표를 사고 전보지를 받고
먼 고향으로 또는 그리운 사람께로
슬프고 즐겁고 다정한 사연들을 보내나니

세상의 고달픈 바람결에 시달리고 나부끼어
더욱 더 의지 삼고 피어 헝클어진
인정의 꽃밭에서
너와 나의 애틋한 연분도
한 망울 연연한 진홍빛 양귀비꽃인지도 모른다

사랑하는 것은
사랑을 받느니보다 행복하나니라
오늘도 나는 너에게 편지를 쓰나니
그리운 이여 그러면 안녕!
설령 이것이 이 세상 마지막 인사가 될지라도
사랑하였으므로 나는 진정 행복하였네라

4
바람이
시작되는
곳에서

언제부턴가 갈대는 속으로
조용히 울고 있었다
그런 어느 밤이었을 것이다 갈대는
그의 온몸이 흔들리고 있는 것을 알았다

바람도 달빛도 아닌 것
갈대는 저를 흔드는 것이
제 조용한
울음인 것을
까맣게 몰랐다

- 산다는 것은 속으로 이렇게
조용히 울고 있는 것이란 것을
그는 몰랐다

섬

– 정현종

사람들 사이에 섬이 있다
그 섬에 가고 싶다

갈대

– 신경림

언제부턴가 갈대는 속으로
조용히 울고 있었다
그런 어느 밤이었을 것이다 갈대는
그의 온몸이 흔들리고 있는 것을 알았다

바람도 달빛도 아닌 것
갈대는 저를 흔드는 것이
제 조용한
울음인 것을
까맣게 몰랐다

─산다는 것은 속으로 이렇게
조용히 울고 있는 것이란 것을
그는 몰랐다

겨울 강

- 하재봉

해가 진 뒤 그대는
바람의 손을 잡고 안개 속으로 말 달려 가고
나무 그늘 아래 빈 몸으로 앉아 있는 내 귓가에선
무수히 작은 눈물로 부서지는 강물 소리
겨울 강물 소리

저물녘엔 강안의 갈대숲마저 깊숙이 가라앉히는
바라보면 즈믄 달이 알알이 맺혀 있는 것을
강이 처음 시작한다는 설산의 상류에서
내 천상의 도끼날로 모질게 마음 가다듬고
붉은 열매 맺지 않는 나무마다 찍어
물어 던지우니

허리에 구름 두르고 삼림 속으로
걸어 들어가 석 달 열흘 가부좌 틀고 기다려도
도무지 잠들지 않던 그대의 산에서
그대의 강으로 채 피다 만 눈꽃 같은
내 사랑이 흘러간다

맑은 살결 부비며 아프게
산 밑둥이를 적시기도 하는, 지난가을
그대 손끝에서 영글던 즈믄 달도 데불고
세상의 눈물 위를 지나 보이지 않는 꿈 곁도 지나
어디서 다다를지 흐르는 어둠 위에
나는 또 무엇을 버려야 하나

오늘도 그대는 안개 덮인 강 저편에 나가 있고
나는 발목에 피 먹은 이슬 적시며
갈대숲 걸어 걸어 이렇게
눈먼 강물 앞에 다시 섰다

겨울 숲은 따뜻하다

– 홍영철

겨울 숲은 뜻밖에도 따뜻하다
검은 나무들이 어깨를 맞대고 말없이 늘어서 있고
쉬지 않고 떠들며 부서지던 물들은 얼어붙어 있다
깨어지다가 멈춘 돌멩이
썩어지다가 멈춘 낙엽이
막무가내로 움직이는 시간을 붙들어 놓고 있다
지금 세상은 불빛 아래에서도 낡아가리라
발이 시리거든 겨울 숲으로 가라
흐르다가 문득 정지하고 싶은 그때

귀천

— 천상병

나 하늘로 돌아가리라
새벽빛 와 닿으면 스러지는
이슬 더불어 손에 손을 잡고

나 하늘로 돌아가리라
노을빛 함께 단둘이서
기슭에서 놀다가 구름 손짓하면은

나 하늘로 돌아가리라
아름다운 이 세상 소풍 끝내는 날
가서, 아름다웠더라고 말하리라……

겨울 나무, 겨울 숲

− 신진호

지우고픈 얼굴 하나 있어
지우려 해도
지우지 못해
내 얼굴만 지우고

그리고픈 얼굴 하나 있어
그리려 해도
그릴 수 없어
내 얼굴만 그리고

그런 내가 싫어
고개 흔들며
눈물 뿌리니
역광에 부서지는
겨울 나무, 겨울 숲

풀

- 김수영

풀이 눕는다
비를 몰아오는 동풍에 나부껴
풀은 눕고
드디어 울었다
날이 흐려서 더 울다가
다시 누웠다

풀이 눕는다
바람보다도 더 빨리 눕는다
바람보다도 더 빨리 울고
바람보다 먼저 일어난다

날이 흐리고 풀이 눕는다
발목까지
발밑까지 눕는다
바람보다 늦게 누워도
바람보다 먼저 일어나고
바람보다 늦게 울어도
바람보다 먼저 웃는다
날이 흐리고 풀뿌리가 눕는다

그리운 바다 성산포

- 이생진

살아서 고독했던 사람 그 빈자리가 차갑다
아무리 동백꽃이 불을 피워도
살아서 가난했던 사람 그 빈자리가 차갑다
난 떼어놓을 수 없는 고독과 함께
배에서 내리자마자 방파제에 앉아 술을 마셨다

해삼 한 토막에 소주 두 잔 이 죽일 놈의 고독은
취하지 않고, 나만 등대 밑에서 코를 골았다
술에 취한 섬 물을 베고 잔다
파도가 흔들어도 그대로 잔다
저 섬에서 한 달만 살자
저 섬에서 한 달만 뜬눈으로 살자
저 섬에서 한 달만 그리움이 없어질 때까지

성산포에서는 바다를 그릇에 담을 수 없지만
뚫어진 구멍마다 바다가 생긴다
성산포에서는 뚫어진 그 사람의 허구에도
천연스럽게 바다가 생긴다

성산포에서는 사람은 슬픔을 만들고
죽어서 취하라고 섬 꼭대기에 묻었다
살아서 그리웠던 사람 죽어서 찾아가라고
짚신 두 짝 놓아주었다

삼백육십오 일 두고두고 보아도

성산포 하나 다 보지 못하는 눈

육십 평생 두고두고 사랑해도

다 사랑하지 못하고 또 기다리는 사람

바다

- 이성복

서러움이 내게 말 걸었지요
나는 아무 대답도 안 했어요

서러움이 날 따라왔어요
나는 달아나지 않고
그렇게 우리는 먼 길을 갔어요

눈앞을 가린 소나무 숲 가에서
서러움이 숨고
한순간 더 참고 나아가다
불현듯 나는 보았습니다

짙푸른 물굽이를 등지고
흰 물거품 입에 물고
서러움이 서러움이 달려오고 있었습니다
엎어지고 무너지면서도 내게 손 흔들었습니다

당신이 그리운 건 내게서 조금 떨어져 있기 때문입니다